POÉSIE

DITE PAR L'AUTEUR

LE 5 JUILLET 1881, A LA MAISON DE CAMPAGNE

POUR LA FÊTE DE FAMILLE

DE

L'ASSOCIATION DES ANCIENS MAITRES ET ÉLÈVES

DU PETIT SÉMINAIRE DE SAINT-JEAN

> L'élève de Saint-Jean, semblable à l'hirondelle
> Qui va, sous d'autres cieux, chercher d'autres séjours,
> Au toit de son printemps demeurera fidèle :
> Son cœur, comme son aile, y reviendra toujours.

VENDUE AU PROFIT DE L'ASSOCIATION

Prix : 30 centimes

LYON

IMPRIMERIE PITRAT AINÉ

RUE GENTIL, 4

—

1881

POÉSIE

DITE PAR L'AUTEUR

LE 5 JUILLET 1881, A LA MAISON DE CAMPAGNE

POUR LA FÊTE DE FAMILLE

DE

L'ASSOCIATION DES ANCIENS MAITRES ET ÉLÈVES

DU PETIT SÉMINAIRE DE SAINT-JEAN

L'élève de Saint-Jean, semblable à l'hirondelle
Qui va, sous d'autres cieux, chercher d'autres séjours,
Au toit de son printemps demeurera fidèle :
Son cœur, comme son aile, y reviendra toujours.

VENDUE AU PROFIT DE L'ASSOCIATION

Prix : 30 centimes

LYON

IMPRIMERIE PITRAT AINÉ

RUE GENTIL, 4

—

1881

UN

ANCIEN ÉLÈVE DE SAINT-JEAN

Il avait nom Ogier. Ce qu'était son visage,
C'est un point sur lequel je serai fort succinct :
Clio n'a pas daigné buriner son image,
Et je m'étonnerais qu'ici nul s'en souvînt.
Ogier de Vaucouleurs, né sous Charles le Sage,
Vivait l'an du Salut mil trois cent quatre-vingt.

Regardez l'air déçu de notre Secrétaire!
Déjà d'Ogier, sans doute, il recueillait le nom,
Pensant bien l'enrôler comme sociétaire.
Sur quel brouillard chercher l'écot d'un compagnon
Qui de Saint-Jean porta le camail légendaire,
Au temps où Clément sept trônait dans Avignon ?

Notre ancien à Saint-Jean parut un mois à peine,
— En ce cas, direz-vous, quelle rage te prend
De nous offrir céans, comme une heureuse aubaine,
D'un défunt inconnu la figure incertaine ?
Relis ton Despréaux, ô poète ignorant
Qui de tant de héros vas choisir Childebrand !

Mon héros, il est vrai, sent un peu la poussière.
Mais fouiller le passé n'est pas trop déplaisant,
Et, dans la peur d'aigrir tel voisin qui digère,
Mieux vaudra s'abstenir de parler du présent.
Si le sujet est mince et ma trame légère,
Pour des vers d'entremets c'est plus que suffisant.

Le peu qu'on sait d'Ogier tient tout dans une épître
Par sa mère adressée à Messieurs du Chapitre (1).
Elle était filandière et veuve d'un maçon :
Or ces hautains seigneurs, ces comtes de Lyon
Qui revêtaient la pourpre et qui ceignaient la mitre,
Ont tout au long transcrit l'humble pétition.

Voter l'ordre du jour eût donné moins d'ouvrage,
Mais ils n'y pensaient guère en ce siècle lointain.
Voici d'ailleurs les faits. Chez le Grand Sacristain,
Noble sieur Humbert d'Ars, d'ancien et haut lignage,
Logeait Ogier, — avec les clergeons de son âge,
Chantant l'office au chœur, épelant du latin.

Les clercs n'étaient pas tous hébergés par leur Maître ;
Tels vivaient chez un comte, et tels chez leurs parents.
Pour le mieux prévenir, la veuve avait au prêtre
Envoyé par son fils, disent les documents,
« Uu bassin à laver garni » : c'était peut-être
Quelque cadeau de noce, un témoin du bon temps !

L'enfant n'avait, hélas ! point « le cœur à l'église ».
Par surcroît, manquait-il de cette voix exquise
Qu'on recherchait déjà chez nos jeunes aïeux,
Et déclinant fort mal, ne chantait-il pas mieux.
Bref, mis dehors, un jour de leçon mal apprise,
Chez un orfèvre, à Vienne il s'enfuit tout joyeux.

Ses hardes, sire Humbert les renvoie à sa mère,
En invitant la veuve à lui vendre l'aiguière.
Mais elle, en son chagrin, résiste et ne veut pas.
« Non, demeurez l'ayant », répond la filandière.
« Mon fils peut retourner ». Au cours de ces débats,
Le chanoine soudain fut de vie à trépas.

Sous ce coup, voilà donc notre veuve en instance,
Réclamant son bassin aux Chapitre et Doyen.
L'illustre corps s'assemble, et par grave sentence,
« Vu sa pieuse vie et vu son indigence » ,
La pauvre suppliante est remise en son bien.
— Ce qu'il advint d'Ogier, l'histoire n'en dit rien.

Mais, un soir de printemps, ayant lu cette page
Où des temps écoulés semble vibrer la voix,
J'errais par ces quartiers, clos d'un mur autrefois,
Des comtes de Saint-Jean séculaire apanage,
Et que domine encor, des ans bravant l'outrage,
L'austère cathédrale aux profils lourds et droits.

La nuit sur toute chose épandait sa magie.
Bientôt m'apparaissait Ogier, fils du maçon :
Je le voyais, enfant, à « la Mortellerie, »
Tout proche de Saint-Paul où vint mourir Gerson.
Or, en grand apparat, certains jours de férie,
Les chanoines sortaient, précédés du Lion.

Chaque église, au-devant de l'auguste bannière,
Venait alors en pompe, et toutes ces splendeurs,
Ces orfrois chatoyants, cet encens et ces chœurs,
Pouvaient bien égarer l'esprit dans sa prière ;
Le rêve était permis, et plus d'un cœur de mère
Pour son fils dut rêver l'hermine et les grandeurs.

La veuve voit déjà, sur cette tête folle,
Briller la mitre un jour, ainsi qu'une auréole.
Chez les clercs, sont reçus les humbles et les grands :
Jean de Rochetaillée est sorti de leurs rangs ;
Au fils d'un « peyrolier », parfois, dans notre école,
Succédait un cadet, né de nobles parents (2).

Vous le saviez, Amis : à Saint-Jean rien ne change.
Cinq siècles ont passé sur l'antique logis,
Et comme aux jours d'Ogier, sur ces vieux bancs noirc's,
De castes et de noms c'est le même mélange.
Les élèves d'alors mangaient ce qu'on y mange :
Nous avons leur menu dans des textes précis (3).

« Un potage, est-il dit; du pain, de la pitance
A dose compétente » ; et puis — rien n'est nouveau,
Et nous n'avons pas même inventé l'abondance —
« Trois fois dans le repas, du vin étendu d'eau ».
Les Actes du Chapitre, en mainte circonstance,
Visent les petits clercs « qui portent le flambeau ».

Cette sollicitude est presque maternelle.
Deux délégués, lit-on en un procès-verbal,
S'en iront visiter — leur consigne est formelle —
Les lits des clergeons, qui.... Mais ma muse rebelle
Se refuse à traduire ici l'original...
« *Pleni sunt bardannis* », dit ce latin brutal (4).

Que dire de leurs jeux? Étroites et guindées,
Nos mœurs n'admettraient plus vos plantureux ébats,
Fêtes des Innocents, ô gaîtés demodées !
A l'ombre de ces tours, ah ! qu'il a dû, là-bas,
S'échanger avant nous de billes et d'idées,
Et de ces coups de poing qu'on ne marchande pas !

Se hâtant lentement — c'est ainsi que doit faire
L'écolier que le bât blesse à certains endroits —
Ogier vient aux leçons de chant et de grammaire
Qui suffisaient aux clercs comme aux enfants des rois.
Ce programme aujourd'hui nous semble un peu sommaire,
Nous qui venons au monde, avec de l'encre aux doigts.

Oui, les choses pour nous ont perdu leurs mystères ;
Tout est mis au creuset et tout passe au pilon ;
Chaque miette a son genre et chaque atome un nom.
Nous avons monnoyé le lingot de nos pères,
Et nous tournant contre eux, avec des mines fières,
Bravement nous faisons sonner notre billon !

Contre mon siècle, Amis, je n'ai pas de rancune.
Si je divague un peu, pensez qu'en ce moment,
Plongé dans un passé que j'aime éperdument,
Tout en marchant, je rêve aux clartés de la lune
De loin je suis Ogier dans sa triste fortune
Et je l'entends pester contre son rudiment.

C'est un don, voyez-vous, d'aimer *rosa*, la rose.
Quant à gravir l'autel, en vain l'homme propose :
Tous ne sont point élus. Alors comme aujourd'hui,
Saint-Jean ne tenait pas ses fils en chartre close,
Et mon confrère Ogier, jusques à Vienne enfui,
Faisait ce que je fis cinq cents ans après lui.

Il devenait orfèvre. Ah ! métier de misère !
Besogner sur l'argent ! se morfondre sur l'or !
S'il fut métier de gueux, c'est le nôtre, ô mon frère !
Aux fils de saint Eloi l'on peut bien dire encor,
Comme autrefois Virgile à l'abeille légère :
Sic vos non vobis... Mais trêve à ce bel essor.

Trop de latin pourrait d'Ogier troubler la cendre.
Passe encor pour des vers : il vécut dans un temps
Où le rythme est facile autant que l'âme est tendre.
Vous l'avoûrai-je, aussi ? je ne puis me défendre
De penser qu'il rima comme moi par instants ;
— Et comme moi, peut-être eut-il beaucoup d'enfants :

Car, sans doute, il prit femme et suivit la routine.
Si Dieu lui prêta vie, ai-je pensé soudain,
Ogier de Jeanne Darc fut un contemporain.
Qui sait s'il n'était point parent de l'héroïne ?
Ce nom de « Vaucouleurs » marque au moins, j'imagine,
Que notre camarade était de sang lorrain.

Combien le vieil Ogier, dans sa courte épopée,
La dut suivre en esprit, applaudir ses exploits !
A peine la Pucelle a-t-elle ceint l'épée,
Qu'il souffle un vent d'espoir sur la France aux abois :
Orléans devient libre, et, sous sa main crispée,
L'Anglais a senti fuir le vieux sol des Gaulois.

Grâce au Ciel, par deux fois j'ai pu franchir naguère
Ce seuil de Domrémy qu'embaume la prière ;
J'ai pu voir Orléans dans ses pieux transports ;
Reims où, bannière en main, sous l'armure des forts,
Comme un brillant archange apparut la bergère ;
Rouen qui de sa fin porte encor le remords.

Partout j'ai dans mon cœur tressailli d'espérance,
O Jeanne, en prononçant ton nom auguste et cher !
Nous avons comme Ogier, nous avons vu la France
A l'étranger laissant un lambeau de sa chair :
Comme Ogier, verrons-nous un jour la délivrance ?
Naîtra-t-il une Jeanne, en ce siècle de fer ?

... Ma muse, je le crains, s'en sera fait accroire ;
Elle devient lyrique à propos d'un clergeon.
Amis, pardonnez-moi si j'ai haussé le ton :
Car, j'en prends à témoin les Filles de Mémoire,
En commençant d'Ogier la pacifique histoire,
Je n'avais nul dessein d'emboucher le clairon.

Puisque la chose est faite, il ne peut vous déplaire
Que, par-delà ces murs, nous élevions nos yeux.
Élargissant un peu l'horizon ordinaire,
D'un temps qui rit de tout fils graves et pieux,
Portons un double toast, en cet anniversaire :
« A Saint-Jean, aux amis ! A la France, aux aïeux ! »

AUGUSTE BLETON.

NOTES JUSTIFICATIVES

Note I. — Dans les recherches qu'a dû faire l'abbé H. Forest, alors qu'il travaillait à son ouvrage sur la Manécanterie de Saint-Jean, notre ami eut la bonne fortune de mettre la main sur la pièce suivante. Elle figure à la date de 1378 au corps d'un des nombreux registres qui forment le fonds du Chapitre, aux archives départementales. Voici, textuellement reproduite, cette charmante pièce qui a fourni la matière des strophes qui précèdent. Puisse le voisinage de cette prose pleine de saveur et de grâce, n'être point trop défavorable aux vers qu'elle a inspirés !

« A honorable, discret et puissant seigneur, Monsieur le doyen de lesglise de sainct Jehan de Lion. Supplie humblement votre petite creature, poure vesve femme Johanne, jadis mullier de maistre Jehan de Vaucouleurs, masson, que cõme elle eust mis et baillé un sien filz appelé Ogier a feu Monsieur Humbert Dars, jadis Secretain de ladicte esglise, pour estre clerjon en ycelle esglise et apprendre a lescole ; et, pour ce, eust envoyé par sondit fils un bacin a laver garni aud. monsieur Humbert, afin quil eust a sondit enfant plus grant amour et affection ; et après ce que ledit Ogier est demouré avec ly environ trois sepmaines, il luy donna congé et le partit davec lui, pour ce quil ne voloit rien apprendre et quil navoit point le cuer a lesglise, mais sest mis a mestier dorfaivre a Vienne. Et, pour ce, manda a lad. suppliante sa mere quelle alast querir ches soy tout ce quelle y avoit fait porter pour sondit fil. Laquelle y alast et reprist un lit garni quelle y avait fait pourtier pour luy. Et ly demanda led. messire Humbert led. bacin a vendre : laquelle lui respondit que point ne ly vendroit, mais demouroit layant, jusques a ce que lon sceust se sondit fil voudroit retourner avec luy. Ly quels ny veult oncques puis retourner.

« Or est avenu depuis que led. feu mons. Humbert, par la volonte de Messire, est ales de vie a trespassement, sans ce que lad. suppliante ait heu sondit bacin garni, come dit est ne autre chouse a lenconstre. Et il sait aussy que lad. suppliante nait de quoy vivre ne faire ses necessitez, sinon de sa filloure et des aumosnes des bonnes dames de la ville qui la cognoissent et qui sçavent quelle est femme de bonne vie et de bonne conversation : si a esté tout le temps de sa vie. Que il vous plaise de votre benigne grâce faire rendre a lad. suppliante sondit bacin garni afin quelle sen peust aidier, et vous fairés grand aumosne, et priera Messire Jhesus Christ pour vous. Et sil vous plaist, mon très chier et puissant seigneur, vous saurés la verité de ceste chouse par messire Mathieu de Vilenove. »

Le Chapitre s'occupe aussitôt de l'affaire, le Doyen s'informe, et « visa pietate et paupertate mulieris supplicantis, et quod expectare heredem et exequutorem domini Sacristæ sit nimis longum » il fait immédiatement rendre l'aiguière « in exhonerationem animæ dicti Sacristæ. »

NOTE II. — Acte capitulaire du 2 novembre 1381.

« Item dicti domini volunt quod Albertus de Bosco Francheto, nepos domini Petri de Croseto, Magistri Chori, sit in numero XII clericulorum Ecclesiæ Lugduni, loco Michaelis, filii Stephani *lo peyrollier*, alterius de dicti XII clericulis, nuper deffuncti. »

NOTE III. — Pache (traité) pour la nourriture des Clergeons. Acte capitulaire du 5 novembre 1394 :

« Dicti domini ex una parte, et Magister Johannès Chalendati, Magister scholarum, ex altera parte, ipsæ siquidem partes scientes, fecerunt inter se pacta et conventiones de et pro clericulis dictæ Ecclesiæ tenendis per dictum Johannem, alimentandisque et addiscendis, hinc ad annum et ulterius quandiu eisdem dominis placuerit, ut sequitur : Videlicet quod dictus Magister Johannes habeat secum et teneat duos magistros ad instruendum dictos clericulos, videlicet unum in grammatica et alium in cantu : quibus dictus Mer Johannes ministrabit victualia satis honorifica secundum eorum statum. Item debet dictus M. J. ministrare XII clericulis dictæ Ecclesiæ victualia, videlicet qualibet die bonum potagium, et pitanciam sufficienter et competenter, et panem habundenter, et vinum moderatum cum aqua, scilicet per ter in prandio et in cœna. »

Suivent les dispositions touchant les ustensiles de cuisine, le coucher et le

— 15 —

vêtement des douze clergeons tenus par le Maître. Les autres enfants, en attendant leur admission parmi les douze, restaient dans leurs familles ou étaient pensionnaires chez quelque dignitaire du chapitre, et fréquentaient comme externes l'école de la Primatiale.

Note IV. — Acte capitulaire du 23 juillet 1464.

« Qua die, prenominati commiserunt dictos dominos J. de Sacconeyo et de Thureyo (deux noms qui ne sont pas ceux des premiers venus) ad visitandum cameras et lectos clericulorum qui, ut profertur, pleni sunt bardannis... et quod fuerit necessarium, illud ex parte Capituli fieri precipiant gubernatori fabricæ, et incontinante et sine mora fieri faciant. »